EL MICALET
GALÀCTIC

EL MICALET GALÀCTIC

COL·LECCIÓ DIRIGIDA PER JOSEP A. FLUIXÀ

ÚLTIMS TÍTOLS PUBLICATS DE LA SÈRIE CREMA - A PARTIR DE 8 ANYS

37. *El savi Ciril.* Mercé Viana / Rosa Ana Crespo i Quique Soler
40. *Les lletres fan fugina.* Enric Lluch / José Maria Lavarello
52. *L'àngel Propulsat i el dimoni Emplomat.* Enric Lluch / Antonio Espinar
53. *La història de Vilafartera.* Vicent Marçà / Horacio Elena
57. *El cas misteriós de la lletra malalta.* Mercé Viana / Anna Miralles
62. *Quines bèsties!* Antoni Albalat / Gerard Miquel
63. *Un pintor molt guai.* Mercé Viana / Paco Giménez
64. *Pometa dolça.* Enric Lluch / Inés Luz González
65. *Qui t'ha dit que el món era blanc?* Maria Jesús Bolta / Vicente Javier Villena
66. *Els animals agraïts.* Llorenç Giménez / Anna Roig
73. *Bum-bum! El fantasma esvalotat.* Mercé Viana / Felip Baldó
76. *El color del blat.* Eva Dénia / Sebastià Dénia
79. *Mira quina estrella.* Maria Jesús Bolta / Josep Vicó
83. *Silvèrius Flautus.* Enric Lluch / Juanjosé Cortés
91. *La fada dels somnis.* Mercé Viana / Ramon Pla
94. *Les aventures de Potaconill.* Carles Cano / Paco Giménez
103. *Alícia en el país del xocolate.* Xavier Mínguez / Ada García
109. *Un quixot amb bicicleta.* Enric Lluch / Pablo Olivero
113. *Contes d'Andersen.* Hans C. Andersen / Valentí Gubianas
120. *Jo Tirant, tu Carmesina.* Enric Lluch / Toni Cabo
123. *Julieta, Romeo i els ratolins.* Mariasun Landa / Marie Nigot
127. *El secret de les cinc llegendes.* Llorenç Giménez / Esperança Martínez

Hi ha unes *Propostes didàctiques*, referides a aquest llibre, que es poden descarregar de manera gratuïta des de la pàgina web www.bromera.com.

Aquest llibre ha obtingut una ajuda de la Conselleria de Cultura, Educació i Ciència de la Generalitat Valenciana.

Disseny de la col·lecció: *Enric Solbes*
Impressió: *T. G. Ripoll, S. A. - Paterna*

1a edició: *febrer, 1992*
9a edició: *març, 2007*
ISBN: *978-84-7660-110-5*
DL: *V-875-2007*

PAPER ECOLÒGIC
TCF LLIURE DE CLOR

EL MICALET GALÀCTIC

El mag Floro

Mercé Viana

Il·lustracions d'Antoni Laveda

I
Naix una gran ciutat

Fa molts anys, però moltíssims, tots els mags del món hagueren de construir una ciutat per quedar-se a viure. Aquesta ciutat porta el nom de CARAMQUANTSMAGS.

Potser us estranyeu un poc. Ja sé que no és gens corrent trobar una ciutat que estiga habitada solament per mags, però no passeu pena que ara us explicaré com va passar tot. Veureu, en una època molt llunyana, els mags vivien repartits arreu del món: l'un perací, l'altre més allà, que si aquest, al Pirineu, i que si aquell altre, en una illa... Clar que això no és greu, però el problema se'ls presentava quan havien de reunir-se.

Els mags tenien el costum de fer una gran assemblea mensual amb la finalitat d'intercanviar-se les noves fórmules que s'inventaven, i també per explicar les últimes experiències amb objectes o amb coses vives.

Imagineu-vos, per tant, el problema. Com resulta que, en aquells temps de Maria-castanya, no hi havia mitjans de comunicació tan ràpids com els que tenim en l'actualitat, els pobres maguets passaven la vida viatjant, sense tenir massa temps per inventar fórmules màgiques, ni tampoc per fer cap experiència.

Aleshores, en una de les assemblees mensuals on tots els mags es trobaven cansadíssims de viatjar i tristíssims, perquè ningú no tenia cap fórmula nova, el mag Simforós, que era el més vellet de tots, amb la llengua fora i quasi sense poder respirar, per la caminada que havia hagut de fer, digué a tots els mags presents:

—Mags de tot el món, ¡ai!, açò no pot ser. No podem, ¡ai!, continuar així. Hem de buscar ja una solució, ¡ai! Tinc les cames cansades de tantes caminades com he hagut de fer ¡ai!, en la vida. Si no ho arreglem, ¡ai!, jo no tornaré a venir, ¡ai!, mai més. ¡Buff!

—Té raó, és veritat —contestaren moltes veus.

El mag Ambforós, que també era vellet però no tant, alçà la mà per demanar la paraula i proposà:

—¿Per què no construïm una ciutat i ens hi quedem a viure?

Tots acolliren la proposta amb gran alegria. Pensaren que era una bona idea.

—Però —digué una maga—, no podem precipitar-nos. Les coses s'han de pensar ben pensades. El primer que hem de fer és buscar un bon lloc; però, a més d'això, també haurem de posar-nos d'acord en com volem que siga la ciutat.

—¿Per què no diem entre tots com ens agradaria que fóra? —digué un altre mag.

—¡Sí, sí! —contestaren tots alhora.

De seguida començaren a exposar com els agradaria que fóra la ciutat i, en acabar els parlaments, arribaren a la conclusió que la futura ciutat dels mags havia de tenir aquestes característiques:

El lloc d'emplaçament havia de ser una vall amb un riu que tinguera les muntanyes molt a prop, perquè hi havia un grup molt nombrós de mags que els agradava l'alpinisme.

L'oratge havia de ser molt equilibrat, ni massa fred a l'hivern ni tampoc excessivament càlid a l'estiu.

Que hi haguera suficient terra perquè la pogueren treballar tots i visqueren tranquils sense que els faltara mai l'aliment necessari.

A continuació, una representació del col·lectiu de mags s'encaminà cap a la casa de la bruixa Jahosabia perquè els ajudara a trobar el lloc més apropiat. Aquesta consultà la seua bola màgica i...

—Consultada la meua meravellosa bola màgica, considere que el millor lloc per a vosaltres: és ¡LA VALL DE TERRAFORMOSA! —els digué la bruixa amb gran solemnitat.

Contentíssims, tornaren a l'assemblea per donar a conéixer la informació. Després, agafaren un gran mapa i buscaren la vall. Quan la trobaren, decidiren tornar cadascú a sa casa per arreplegar les seues coses i quedaren a veure's un dia determinat a la vall per començar a construir la ciutat.

Edificaren una ciutat *xuli* de veritat. Les cases eren d'una planta només i les pintaren de colors diferents: roig, blau, verd, violeta... Totes tenien un jardinet per plantar flors d'espècies variades.

Quan va estar acabada, es reuniren a la Plaça Major i decidiren fer una gran pancarta informativa perquè les persones que vingueren d'altres terres s'assabentaren de les lleis que hi tenien.

I van escriure:

«HOMES, DONES, XIQUETES I XIQUETS DE TOTS ELS MÓNS:

»US TROBEU EN UNA TERRA MOLT ESTIMADA PELS SEUS HABITANTS. ESTIMEU-LA TAMBÉ VOSALTRES. LES NOSTRES LLEIS SÓN BEN SIMPLES:

»—Ningú no farà mai més soroll del necessari.

»—Tothom viurà amb alegria.

»—No es posarà mai cap fàbrica als voltants de la ciutat.

»—Seran respectats tots els éssers vius d'aquesta comunitat: persones, plantes i animals.»

La posaren a l'entrada del terme de Terraformosa i, per celebrar la inauguració de la nova ciutat, organitzaren una gran festa.

II
Naix un mag

Els anys passaven de pressa i la gent era feliç de veritat.

Mai no es clavaren en les grans guerres ni tampoc en les baralles menudes.

A les assemblees, a més de posar en comú els avanços de la màgia, començaren a tractar els problemes de la comunitat per trobar-hi una solució entre tots. I així continuen fent-ho hui dia.

En aquesta ciutat vivien Gumersinda y Passador, una parella de mags molt estimada que esperava, amb tota la il·lusió del món, un fill.

Un dia, al rompent de l'alba, la maga Gumersinda (Gúmer per als amics) tingué un xiquet preciós.

Només nàixer, aquella criatura plorà, amb totes les seues forçes, tres ¡¡¡Uaaa!!! com pertoca a un futur mag, i, tot seguit, es quedà callat. Mirà els presents i començà a repartir somriures i més somriures als qui es trobaven al dormitori.

El mag Passador, en veure'l tan complidor, es dirigí a Curatot, el metge, i li digué:

—¡Mira que és simpàtic, el xiquet! ¿Veritat que sí?

El metge arrufà el nas i li contestà misteriosament:

—¡Humm!, no sé, no sé...

La maga Gúmer, tot i que es trobava molt cansada, escoltà les darreres paraules i va dir:

—¡Ai doctor! ¿Què vol explicar vosté amb això de: «no sé, no sé»?

—No..., no res. És una forma de parlar com una altra.

El doctor no havia volgut explicar que hi ha una llegenda que diu que el xiquet que, després de plorar tres ¡UAAA! somriu a tothom és perquè ja ha nascut mag i que, a més, serà una miqueta conflictiu.

—¿Com que és una forma de parlar? —preguntà l'àvia, que també hi era—. ¿És o no és simpàtic el meu net?

El doctor Curatot, sense saber com desembolicar la troca, parlà així:

—Dona, original sí que és. El seu net serà un mag original de veres.

Però tots sabem com són les àvies, que no paren fins aconseguir el que es proposen.

Per això, posant cara de pomes agres, tornà a insistir:

—No amague vosté el cap davall de l'ala, no, i conteste'm d'una vegada. ¿És o no és simpàtic el meu net?

El metge, que no volia complicar-ho més, li contestà que sí, que era un xiquet molt simpàtic i atrevit per haver fet el que havia fet només nàixer.

Aleshores, els presents feren un ¡¡¡AAAHHH!!! i es quedaren tranquils.

Al cap d'una estona, el doctor Curatot s'acomiadà, perquè va considerar que ja no feia falta i el pare, la mare, l'àvia i una amiga íntima de Gúmer, que també hi era, es quedaren mirant l'infant que dormia com un angelet.

Però, heus ací que, en passar una hora llarga, es despertà el dormilega i, alçant el cabet, digué parlant de nas:

—¿Que en *aguesta* casa no es menja o què?

Aquella pregunta feta per un xiquet que, com aquell qui diu, acabava de nàixer, deixà amb la boca oberta tots els presents.

Quan, a la fi, pogueren reaccionar...

—¡¡¡AAAHHH! ¡El meu fill parla! —cridà la mare.

—¡I tu també *pagles*! i el *pague* i l'àvia. *Pegò* jo no *cgide* com fas tu. ¡*Senyog*, quina *manega* d'*escandalitzag*! —contestà el xiquet.

Novament es quedaren tots d'una peça.

El mag Passador, amb uns ulls com a plats, mirava el fill al mateix temps que pensava que això no era possible, que no havia conegut mai un xiquet tan menut que parlara; algun somriure encara encara, però que parlara... ¡això ja era una altra cosa!

L'àvia se n'anà com un coet a cal metge però, com estava tan nerviosa, no li va poder explicar res. Tot just encertava a dir:

—¡El xiquet! ¡El xiquet!

El doctor Curatot, pensant que alguna de ben grossa havia passat a la criatura, agafà el seu maletí d'urgències i enfilà cap a casa dels mags.

En entrar al dormitori i veure el xiquet assegut al llit demanant un altre biberó, es deixà caure en la butaca i, amb un fil de veu, digué:

—Ja m'ho temia jo. Ja m'ho temia...

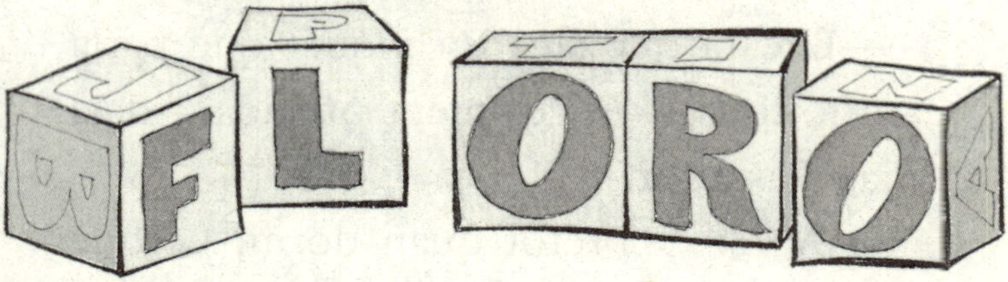

III
Em diré Floro

En recuperar-se del sobresalt (tres dies de nerviosisme i tremolors de mans en van ser la conseqüència), pensaren de posar un nom al fill i també de fer una gran festa per celebrar el seu naixement.

Es trobaven, pare i mare, a la vora del bressol, observant-lo amb el somriure de pares feliços i...

—Encara que siga un xiquet que parla quan no li toca, és realment preciós —deia el mag Passador.

—¡Ai, sí! Sobretot quan dorm, perquè quan començà a xarrar i a inventar històries, amb la veu que té, acaba fent-me un mal de cap que... —digué la maga Gúmer.

—¡Dona! Has de tenir més paciència. ¿No veus que el xiquet no té dents encara...? Quan li isquen, ja veuràs com parla millor —va afegir el pare.

Seguidament començaren a parlar sobre el nom que posarien al fill.

Gúmer deia que li haurien de posar el nom de l'avi...

—¿CASIMIR? ¡Ni pensar-ho! —digué el pare.

... i Passador suggeria de posar-li el nom d'un mag que havia sigut mestre seu i que ell s'havia estimat molt.

—¿ELIODOR? ¡Ni somiar-ho! —contestà la mare.

Aleshores, el xiquet obrí l'ull dret i...

—¡*Miga* que bonic! *Egs* dos *paglant* del meu nom i a mi no em *pgegunta* ningú

El pares llançaren un crit un poc espantats i, a espaiet, digueren:

—¡Ai fill meu! ¡No ens sobresaltes així o ens faràs caure malalts del cor!

El xiquet els demanà disculpes, però de seguida els digué que deixaren de cavil·lar perquè ell ja sabia el nom que li havien de posar.

—¿I quin nom vols, fillet? —preguntà Gúmer.

—Jo vull que em poseu *Flogo*.

—¿*Flogo*? —preguntaren els dos alhora.

—No, *Flogo* no. He dit *FLOORGO* —tornà a dir el xiquet fent un gran esforç.

—¡Ah, FLORO! Però, fill meu, ¡si és un nom molt lleig!

El xiquet contestà que el nom era per a ell i que així és com volia que l'anomenaren.

I, en acabar de dir això, tornà a tancar l'ull dret i continuà dormint.

Els pares, amb una cara d'ànimes en pena, es miraren:

—¿Què hem de fer? La veritat és que té tota la raó del món. Si a ell li agrada...

I de nom li posaren FLORO.

En passar quinze dies del naixement, celebraren la festa i convidaren tots els mags i les magues de la ciutat.

Com no cabien a la casa, hagueren de fer el convit a la Plaça Major. També hi hagué música i la gent s'ho va passar ben rebé.

Com Floro encara no podia caminar, hagueren de dur-lo amb el bressol. Però, tot i que estava gitat, no se'n perdia una.

De seguida demanà als pares que li presentaren els xiquets de la seua edat i que posaren tots els bressols junts per poder xarrar de les seues coses.

La mare li explicà que els xiquets de la seua edat no sabien parlar i que, en aquell moment, estaven dormidets i que això era el que havia de fer ell.

Floro contestà només:

—¡Uf, quin avorriment!

IV
Un mag independent

Floro tenia sis mesos quan li van eixir les primeres dentetes i, tot seguit, la boca se li poblà de queixals.

Allò va ser un esdeveniment important perquè, des d'aleshores, va deixar de parlar d'aquella manera i començà a parlar correctament.

Com ja podia mastegar, canvià els biberons i les sopetes per bons plats d'arròs, carn a la brasa, entrepans i, també, coca de llanda.

Un mes després, Floro, que estava fort com un bou, començà a caminar i, a poc a poc, es convertí en un xiquet independent. Com era tan menut, li hagueren de comprar una escaleta plegable perquè poguera arribar a qualsevol lloc. Aquest objecte es convertí en el seu acompanyant inseparable. La utilitzava per a quasi tot: per arribar a la pica i llavar-se les mans, per encendre els llums, per agafar els dolços que la mare guardava als armaris de la cuina i, fins i tot, per gitar-se al llit.

A poc a poc, Floro es convertí en un xiquet autònom.

Amb tot i això, aquest petit mag també era molt tafaner. S'interessava per qualsevol cosa.

«—¿Pare, per què s'han de rentar els plats si de seguida tornem a embrutar-los?

»—¿Per què no hem de menjar mai sobre coses brutes? ¿La higiene és molt important?

»Mare, ¿per què no ix el sol a la nit?

»¿Per què aquell astre també ha d'il·luminar altres terres molt llunyanes?

»Mare, ¿per què em manes callar a vegades?»

—¡Ai fill! perquè... ¡calla, que tinc mal de cap!

Però, en passar uns minutets, Floro tornava novament amb un altre atac de preguntes. Tot ho volia saber:

D'on eixia l'aigua que bevien.

Per què les bèsties no parlaven.

Per què els núvols no eren del color de l'herba.

Per què hi havia pardalets engabiats.

Per què...

Per...

Fins que un dia, quan Floro feia la sesta i els pares es prenien una tasseta de til·la:

—¡Ai Passador!, açò no pot continuar. Haurem de fer alguna cosa.

—Sí, Gúmer, tens raó.

—És bonic tenir un fill que vulga conéixer-ho tot, però...

—Jo també estic fart de contestar les seues preguntes...

—Hem comprat la *Gran Enciclopèdia dels Mags*, però tampoc això no ens serveix de res.

—¡Cada vegada vol saber més i més!

—No, si jo no em queixe, però...

—¡Ui!, ni jo tampoc però...

Aleshores, el pare va fer una palmada i se li il·luminà la cara, i els ulls començaren a brillar-li com si foren dues llumenetes de Nadal.

—¡Ja ho sé! ¡Ja tinc la solució!

—¿Sí? Parla, parla... —digué Gúmer tota nerviosa.

—Està claríssim. ¡Hem d'enviar-lo a la Gran Escola dels Mags! —contestà Passador.

—¿A l'escola? ¡Però si només té nou mesos! —exclamà Gúmer.

—Ja, ¿i què?

—Calla, home. ¡Si hi hagueren guarderies...!

El mag Passador li explicà que Floro era un xiquet massa espavilat per anar a una guarderia i que el seu lloc no era un altre que l'escola.

—Així estarem tranquils unes horetes cada dia ¿no? ¡El que no podem aguantar és que ara i sempre ens estiga fent preguntes! —digué el mag un poc irritat.

—Sí, potser tingués raó —contestà Gúmer—. Com el veig encara tan menudet, em fa un no sé què dur-lo a l'escola amb xiquets més grans que ell...

Però com les vint-i-quatre hores de cada dia, multiplicades per nou mesos havien estat en total moltes hores d'aguantar els seus preguntats, es decidiren a enviar-lo.

En això aparegué Floro que ja s'havia despertat. En veure'ls amb cara de circumstàncies, els va preguntar:

—¿Què us passa? ¿Per què feu una cara tan lletja? ¿Esteu malalts? ¿No us ha provat el dinar?

Els pares, quasi amb llàgrimes als ulls, l'agafaren cadascun d'una maneta i li digueren:

—Fillet, hem decidit enviar-te a la Gran Escola dels Mags. Allí et faràs un bon mag i aprendràs tot el que necessites saber.

Floro es posà a botar d'alegria alhora que cridava tot il·lusionat:

—¡Visca! ¡Ja era hora! ¡Visca!

I, en una correguda, desaparegué, per tornar a aparéixer, quasi d'immediat, amb una bossa més gran que ell, una llibreta i un llapis.

V

Floro va a l'escola

A la Gran Escola acudien els fills dels mags per aprendre la seua ciència. L'edifici no era massa gran, però tenia tot el que un aprenent de mag necessita. Els alumnes tenien laboratoris i tallers de tota mena: laboratoris col·lectius, laboratoris individuals, tallers d'elements reals i tallers d'elements fantàstics.

I fins i tot hi havia un taller-laboratori que s'adequava a les finalitats circumstancials dels alumnes. És a dir, que igual servia per a cosir vestits de fulles d'arbres com per arranjar ales de papallona o de mosquits ancians.

Amb tot i això, l'escola tenia una característica ben especial: era desmuntable i multiforme.

Aquesta característica la feia molt atractiva als infants ja que cada cap de setmana la desmuntaven entre tots per tornar-la a muntar amb una distribució de l'espai diferent al que tenia.

El mestre era el mag Gerundi, un mag molt savi i també molt benèvol amb els alumnes.

El senyor Gerundi, no sols facilitava tot el saber que els mags havien transmés de generació en generació, sinó que, a més, animava els alumnes perquè foren creatius i s'inventaren noves fórmules que milloraren la convivència.

Els estudis per esdevenir un bon mag no eren fàcils, però no es pot dir tampoc que eren massa difícils. El senyor Gerundi sempre deia als alumnes:

—Per arribar a ser bons mags, només necessiteu il·lusió per aprendre, atenció en el treball i voluntat de fer les coses ben fetes.

El dia que el mag Passador anà a parlar amb el mestre perquè admetera Floro...

—¿Floro? ¡Però si encara no ha fet l'any? —exclamà molt estranyat.

Aleshores, el mag Passador li explicà que el seu fill no era un xiquet corrent, que parlava des que havia nascut, que necessitava urgentment anar a l'escola per poder satisfer la seua curiositat i que...

—Ja, ja —el va interrompre el mestre amb un somriure una mica sospitós.

—¿Què vol dir amb això de: «ja, ja»? —preguntà Passador.

El mestre tornà a somriure i preguntà:

—Quan Floro va nàixer, ¿plorà els tres UAAA?

—Sí, naturalment —contestà Passador.

—I, tot seguit, ¿dedicà somriures a tots els qui eren al dormitori? —continuà preguntant.

—Ai sí. ¡Quina gracia de xiquet! Si vosté l'haguera vist...

—Ja, ja. Aleshores està tot ben clar. Pot dur-lo demà mateix i que el Senyor ens empare.

Abans que el mag Passador poguera demanar-li explicacions de les coses que li havia dit, el senyor Gerundi havia desaparegut per tornar a la classe.

Passador, una mica desconcertat per les preguntes que el mestre li havia fet i, sobretot, pels seus «ja, ja», se n'anà cap a sa casa.

En arribar-hi, trobà Floro assegut a la porta de casa amb la gran bossa al seu costat.

—¿Què, pare? ¿Vaig o no vaig a l'escola?

Passador esclatà en una rialla i, agafant-lo, li contestà:

—¡Clar que sí, fill meu! Demà mateix hi aniràs.

Floro, més content que unes pasqües, s'abraçà al pare i, donant-li besadetes, li digué:

—¡Ai, com ets de bonic! Ara sí que descansareu. ¿Ei que sí?

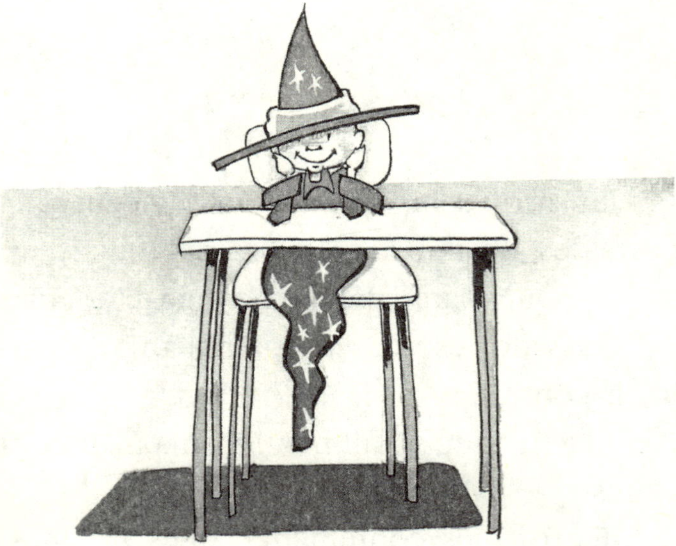

VI

¡Que divertit és anar a l'escola!

El dia que Floro entrà per primera vegada a classe, va haver una espècie d'expectació. Tots els companys se'l miraren amb simpatia.

—¡Que xicotet és! —deien els uns.

—¡Sembla un ninet de jugar! —deien els altres.

—¡I parla i tot! —deien.

Floro, en sentir-los, els dedicà un somriure d'anunci de dentifrici. De seguida es posà l'escaleta al costat del seient per pujar-hi, quan va estar assegut, mirà el mestre i li va dir:

—Senyor Gerundi, ¿que avui no pensa fer classe?

El mestre, a mitja veu, es digué allò de «¡ja comencem!, paciència Gerundi, paciència» i, reprimint-se les ganes de contestar-li quatre coses, s'empassà la saliva i va dir:

—¡Floro! No tornes a fer cap pregunta sense pensar tres vegades seguides el que vas a dir, ¿d'acord? ¡Si ho fas així ens evitarem més d'un disgust!

Però Floro, que no entenia massa el que deia el mestre, tornà a preguntar:

—¿Tres vegades, Sr. Gerundi? ¿Per què tres vegades? ¿Per què no puc pensar-hi dues vegades?, ¿o sis vegades?, ¿o...?

Però, en aquell moment, el mestre el tallà en sec.

—¡Ja n'hi ha prou, xiquet! ¡Fes el que t'he dit i, ara, a callar!

Floro alçà els muscles i decidí obeir.

Tot seguit començaren la lliçó del dia.

—Hui estudiarem i aprendrem com es poden arreglar les potes trencades de la formiga.

El mestre Gerundi va traure unes làmines grandíssimes de formigues. En la primera, es veia una formiga, amb els noms de les diferents parts del cos, que caminava una mica despistada pel bosc. En la segona làmina, hi havia la mateixa formiga entropessant amb una pedra, i la següent imatge, representava aquest minúscul animal amb una pota trencada i plorant.

La primera cosa que hagueren de fer va ser aprendre totes les parts de l'animalet.

—És important conéixer el malalt —digué el mestre.

A continuació eixiren al jardí a buscar formigues amb alguna pota trencada. I, en tenir-ne algunes, les deixaren al laboratori per a la classe de pràctiques.

A la vesprada, aprengueren a enguixar potetes de formiga. Aquesta pràctica no era gens fàcil perquè, com tots sabeu, les potes de formiga són diminutes i delicadíssimes.

Hagueren d'utilitzar pinces-coixí minúscules, lupa de gran augment, benes especials de teixit de fil d'aranya bona i, sobretot, les fórmules específiques per convéncer les formigues que estigueren quietes.

Una d'aquestes fórmules és:

«Han fim fim, han fam fam
de la Xina cantussam.
La formiga formigueta
prompte estarà quieta.
Si no ho fa així,
rebrà un bon carxotí.»

En acabar la jornada, tots havien aprés a enguixar potes de formiga.

Les deixaren, amb els aliments necessaris, al laboratori fins l'endemà que, amb tota seguretat, ja estarien curades del tot.

Només hi hagué un incident sense importància: Floro havia pregat al senyor Gerundi que ningú no el destorbara mentre treballava i el mestre, com era el primer dia d'escola, li ho havia consentit, però prompte s'havia de penedir.

Quan tots els alumnes acabaren la pràctica, el mestre anà passant per les taules per revisar el treball. El resultat fou satisfactori fins que arribà a la taula de Floro.

—¡Floro! ¿Quina animalada has fet?

Floro, a més d'enguixar la pota trencada de la formiga, havia enguixat també totes les altres potes i, fins i tot, les antenes del pobre animalet.

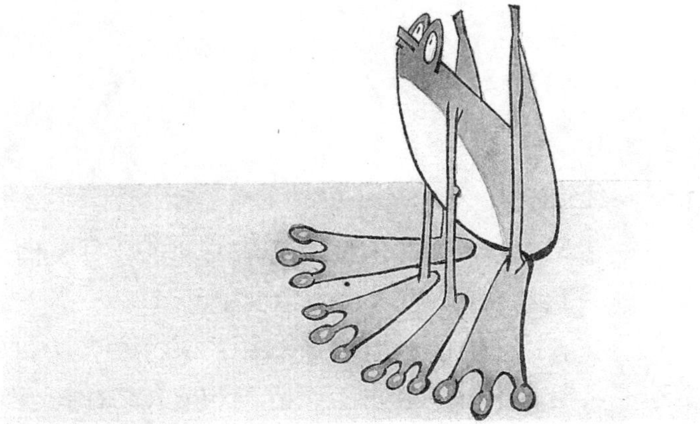

VII

Les granotes soldats

Gúmer i Passador estaven molt enutjats. Floro, assegut en una cadira, no entenia res. El mestre l'havia bonegat i ara els pares feien el mateix.

—¿Es pot saber per què has fet això? —deia la mare.

—¡I, precisament, el primer dia d'escola! —deia el pare.

—¡Ai Senyor! ¡Quin fill ens ha tocat!

—¡Tan menut i tan animalot!

Floro els escoltava amb atenció però no aconseguia aclarir la relació que hi havia entre la formiga i tot aquell rebombori. Per això, sense pensar-s'ho gens, els preguntà:

—¿Puc eixir un moment al jardí? És que crideu tant que...

Gúmer, amb uns ulls que semblaven fugir-li de la cara, li contestà:

—Sí, ¡Vés-te'n però ja!

I Floro, més de pressa que corrents, enfilà cap al jardí.

Els pares es calmaren a poc a poc i decidiren escoltar música per tal de relaxar-se una miqueta.

Passà una bona estona i com que no el sentien...

—¿Què deu fer aquest xiquet?

—Deixa'l, deixa'l que s'entretinga. Al jardí no hi ha perill.

—Mira, Passador, que està molt calladet i...

—¡Caram Gúmer! ¡De tot has de patir! Deixa'l i anem a fer el sopar que ja és hora.

Se n'anaren cap a la cuina i Gúmer no les tenia totes. Però en aquell moment...

—¡Pare! ¡Mare! ¡Ho he aconseguit!

Ràpidament tots dos es dirigiren cap al jardí, però, abans d'arribar-hi, van veure una cosa que els deixà més paralitzats que si hagueren estat estàtues de marbre.

Del jardí anaven entrant, en fila índia, granotes i més granotes: n'entraven grans i menudes, verdes i grogues; totes caminaven botant amb les potes de darrere i una de davant al cap, com si es tractara de soldats saludant en una desfilada, mentre raucaven una mena de marxa militar.

—CROU-CROA; CROU-CROA; CROU-CROA; CROU-CROA...

Els pares, amb els ulls com a plats, no podien dir ni mu.

Les granotes entraven a centenars. La sala ja era plena de gom a gom i els dos mags, blancs i quiets, miraven l'espectacle granoter.

Floro, radiant de satisfacció, es dirigí als pares i els digué:

—¿Ei que és preciós? ¡Ho he fet jo sol. No he necessitat ningú. ¿Ei que sóc llest?

A la fi, Gúmer pogué reaccionar i, fent un ¡¡¡AAAHHH!!! tan gran com una casa, pegà un bot i digué al fill:

—¿Quina malifeta has fet ara? ¿D'on has tret totes aquestes granotes?

—¡Han vingut elles, mare!

—¿Que han vingut elles? ¡Conta'm ara mateix què has fet!

Aleshores, Floro els contà que s'havia

inventat la fórmula «cridagranotes» i...

—Després de dir-la, han començat a acudir de totes bandes. ¿Veritat que és divertit, pare?

—¿Com pots haver-te inventat tu sol una fórmula si només has anat un dia a l'escola?

—Si és de veres això que has dit, fes el favor de dir-la ara mateix —manà la mare.

Floro es quedà pensant i...

—És, és... ¡Ai, que no me'n recorde ara!... és... ¡Ah, ja està!:

«MUNTANYA LLUNYANA, TOLLETES PROPERES,
GRANOTES SIMPÀTIQUES DE LES VORERES.
PROMPTE, PROMPTE, VINDREU AL MEU JARDÍ,
SALUDANT I DREÇADES, SEMPRE COM UN PI.
I SI NO VENIU EN UN VOL,
US CONVERTIRÉ EN UN FESOL.
RAS, TAS I FLAS
TIRURÍ MENJA UN PIRULÍ.»

Gúmer, amb un fil de veu, tot just arribà a dir:

—¡Ai senyor que em desmaie!

I, efectivament, en un pensament... ¡PLOF!, caigué a terra desmaiada.

Allò va ser la gota que féu vessar el got. El pare, enutjadíssim, li digué que s'emportara les granotes on fóra, però el xiquet, que no se'n feia arrere fàcilment, deixà el pare amb la paraula a la boca, es posà davant de les granotes i començà a dirigir.

—Un-dos, un-dos, molt bé; un-dos, un-dos, molt bé; un-dos, un-dos...

Passador, desesperat per la cridadissa dels animals i també perquè Gúmer continuava desmaiada, es dirigí cap a l'estudi, agafà el llibre dels desencantaments i buscà alguna fórmula que li servira per fer desaparéixer les granotes.

A pesar de tots els intents, no trobà res de bo. Abatut, tornà al menjador i, com que Gúmer continuava com se l'havia deixada, agafà la botelleta d'Emdesperteprompte i la posà al nas de la dona.

Immediatament, obrí els ulls i, amb l'ajuda del marit, s'alçà de terra.

Floro, que era una mica inconstant, començà a cansar-se de fer de director de granotes; s'asseié a terra i començà a dir:

—¡Buf! ¡Quin fàstic! Comence a avorrir-me de tanta granota i de tant de rauc, ara veureu:

EN UN TRES I NO RES,
HEU D'ANAR-VOS-EN, CADASCUNA,
AL VOSTRE INDRET.

I, tal com ho va dir, així es va complir.

Les granotes anaren eixint i, en un dir Jesús, la tranquil·litat tornà a ocupar tota la casa.

VIII
La consulta

El temps passava i passava i els pares de Floro hagueren d'acostumar-se a aquell maguet que, un dia darrere de l'altre, sempre en feia alguna.

A l'escola, el mestre Gerundi anava sempre amb l'ai al cor. Mai no sabia què podia passar amb un alumne com Floro. Tan acovardit estava que un dia decidí d'anar a consultar aquest cas tan estrany al mag més vellet de tots els mags.

—Així i tot, he de reconéixer que és l'alumne amb més interès per aprendre que he tingut mai...

—¿Aleshores...? —deia l'ancià.

—Sí, i també és l'alumne que m'escolta amb més atenció...

—¿Aleshores...? —tornà a dir l'ancià.

—Però és que, quan és als tallers o als laboratoris...

—¿Què passa?

—¡Ací és on comencen els problemes! —es lamentà el mestre.

—¿Els problemes? ¿Quins problemes?

—No vol fer mai el que toca. ¡Mai! —contestà el mestre Gerundi—. Sempre fa alguna cosa que no t'esperes. ¡Estic fins als ulls que em desbarate les classes! ¡I jo, com a mestre, no puc consentir-ho!

El mag vellet va fer un somriure i li digué:

—Vosté sap, senyor Gerundi, que Floro no és un xiquet com els altres, i que xiquets com aquest només en naixen de tard en tard, i que...

El mestre, fent un sospir, el va tallar.

—Però ¿no comprén que no segueix les normes? Jo no puc consentir que faça les coses a la seua manera. L'altre dia estava ensenyant-los a transformar l'aigua contaminada en aigua potable i, ¿sap el que va fer ell?

—No —contestà l'ancià.

—Abans que jo acabara l'explicació de la pràctica, ell ja havia acabat —va dir el mestre.

—Això està molt bé ¿No?

—Sí, però com l'angelet s'avorria i no podia estar quiet ni un moment, li pegà per transformar l'aigua en coca-pola, i, més content que unes pasqües, començà a con-

vidar els companys. Però no es pense que tot acaba ací, ¡en absolut!, no sé com s'ho apanyaria però, a mi, em va fer un *cubata* de ginebra.

El mag vellet esclatà a riure.

—¡Ha! ¡Ha! ¡Ha! ¡Que bé s'ho devien de passar!

—¿Bé? No sap vosté el guirigall que s'organitzà. Tots els alumnes volien més coca-pola i Floro vinga traure'n sense parar.

Jo els deia que ja n'hi havia prou, però... ¡Ha, Ha! Allí no em feia cas ningú. En beure-se'n un got, tornaven per un altre.

A la fi, ben enrabiat, els vaig despatxar a casa.

El somriure desaparegué de la cara del mag vellet i un gest de preocupació l'ocupà completament.

El mag vellet sabia la història de Floro des que va nàixer. Per això no li resultava estrany que aquell xiquet donara tant de quefer.

Tots dos es quedaren pensatius un instant. A la fi, digué el mag vellet:

—Ja m'imagine, senyor Gerundi, que tenir Floro en l'escola no deu ser gens fàcil. Tant vosté com jo, sabem que aquesta criatura no necessita aprendre massa coses. Floro és un mag des del dia que va nàixer però, a més a més, és un mag excepcional. Ja sap que aquesta mena de mags únicament naixen molt de tard en tard.

—Sí, ja ho sé, però... —contestà el senyor Gerundi.

—Tinga paciència, senyor Gerundi, tinga paciència. L'últim mag Floro —perquè tots aquests mags excepcionals s'anomenen Floro— deixà d'existir fa moltíssims anys i els llibres conten que, quan era menut, també va fer algunes passades.

—Sí, ja ho sé, però... —tornà a dir de nou el mestre.

—Floro és un mag molt creatiu, i si l'encaminem com cal, tindrem un gran mag a la nostra comunitat. ¡Intente-ho!

El pobre senyor Gerundi va abaixar els ulls i li contestà que tenia tota la raó del món, però que si la cosa continuava així, acabaria deixant de treballar de mestre i es dedicaria al cultiu de l'albergínia.

Els dos feren una forta rialla i, després de dir-se adéu, el senyor Gerundi se'n tornà a casa.

En arribar-hi, es dedicà a regirar en la seua biblioteca buscant un llibre molt concret.

Després de tres horetes llargues d'inspecció per les prestatgeries...

—¡Ja el tinc!: *Psicotractat del psicotractament psicoadequat per a mags menudets.*

Obrí el llibre per la pàgina de l'índex i buscà el que més li interessava: «2.1. Com educar un Floro .... Pàg. 212.»

Va buscar la pàgina 212 i començà a llegir unes lletres grandíssimes que ocupaven tot el full:

«SI HAS D'EDUCAR UN FLORO, JA VAS APANYAT.

»PER COMENÇAR, HAURÀS DE CARREGAR-TE DE PACIÈNCIA, DE TOTA LA PACIÈNCIA DEL MÓN.

»A CONTINUACIÓ, NOMÉS POTS FER UNA COSA: ¡AGUANTAR!»

El senyor Gerundi passà a la pàgina 213 i va continuar llegint:

«DAVANT ELS INVENTS D'UN FLORO, TENS TRES POSSIBILITATS:

1. ENCOLERITZAR-TE.

2. DEIXAR-HO PASSAR.

3. RIURE-TE'N I FER-TE AMIC SEU.»

Passà el full i, amb gran sorpresa, comprovà que les lletres no hi eren.

Tornà a passar un altre full i comprovà que també hi havien desaparegut les lletres.

De nou passà una altra pàgina, i una altra, i una altra fins que arribà a la 312. En totes les pàgines havia passat el mateix: ¡N'havien desaparegut les lletres!

El senyor Gerundi estava desesperat.

—¡Quin desgavell! ¿Com hauran pogut esborrar-se totes les lletres? —es deia el mestre—. El llibre és antic perquè jo ja el vaig rebre del meu mestre, i ell del seu, però estic ben segur que no l'ha utilitzat ningú. És la primera vegada que jo mateix hi consulte una cosa...

En arribar al full 313, la cara li va canviar de color. Escrit amb llàgrimes ploraneres (es tracta de lletres que sembla que han estat escrites amb llàgrimes de pesar), s'hi podia llegir:

«Si hi ha pàgines en blanc, ho tens ben clar perquè ja has arribat tard.

»Algun Floro, potser sense proposar-s'ho, ha fet desaparéixer les lletres amb alguna fórmula màgica.

»De segur, de segur, que aquestes lletres fugisseres estan jugant a la gallineta cega, al rogle o al futbol. Potser, no hi tornen mai més.

»Ho sent moltíssim. Fes el que pugues amb el Floro que t'ha tocat patir i... ¡Sort!»

El senyor Gerundi, amb un pam de nas, tancà el llibre a la mateixa vegada que només encertava a dir: «¡Que els mags de tots els temps m'acompanyen!»

IX
Les eixides

Després de la consulta fallida en el llibre de les lletres fugisseres, el senyor Gerundi decidí dedicar una part de la jornada escolar a eixir al bosc, perquè pensava que era una bona forma que Floro s'esplaiara a gust.

Tot i les bones intencions, el mestre va haver de suspendre aquestes eixides ja que el contacte directe amb la natura semblava que inspirava més, si això era possible, Floro en l'invent d'estranyes fórmules amb uns resultats no massa gratificants per a les criatures del bosc.

El primer dia de contacte amb el bosc, Floro convertí tots els arbres en cactus gegants que, sense parar, llançaven les seues punxes com si foren projectils, cosa que va fer fugir a tots d'aquell lloc.

En una altra eixida, convertí tots els ocells del bosc en locutors de ràdio, els quals, cadascun amb un micròfon, emetien els seus programes des de les branques dels arbres.

I en la tercera i última eixida, Floro aconseguí que aparegueren desenes i desenes de fonts de xocolate, amb la qual cosa els alumnes, i fins i tot el mestre, van agafar una forta indigestió per haver-se afartat d'una llepolia tan bona.

En passar uns dies de la fartada, el mestre, que tenia bona voluntat, proposà d'anar tres dies a la setmana a banyar-se al riu.

—Potser que Floro, mentre nade, no pense a inventar res —es va dir.

Però Floro era massa Floro i la seua imaginació era tan gran que ni un riu, ni mil mars podien ofegar-la. I, si les faenes que havia fet al bosc eren grosses, les del riu ho van ser més. Veureu; el primer dia...

—¡Uau! ¡Quants peixos! —digué un alumne.

—¡Mireu, mireu! ¡Sembla que estan nerviosos! —exclamà un altre.

—¿Nerviosos? ¿Per què dius això? —preguntà una veu.

—¡Xe!, ¿que no veieu que no estan quiets? Van d'un lloc a un altre sense parar. ¡Pobrets!

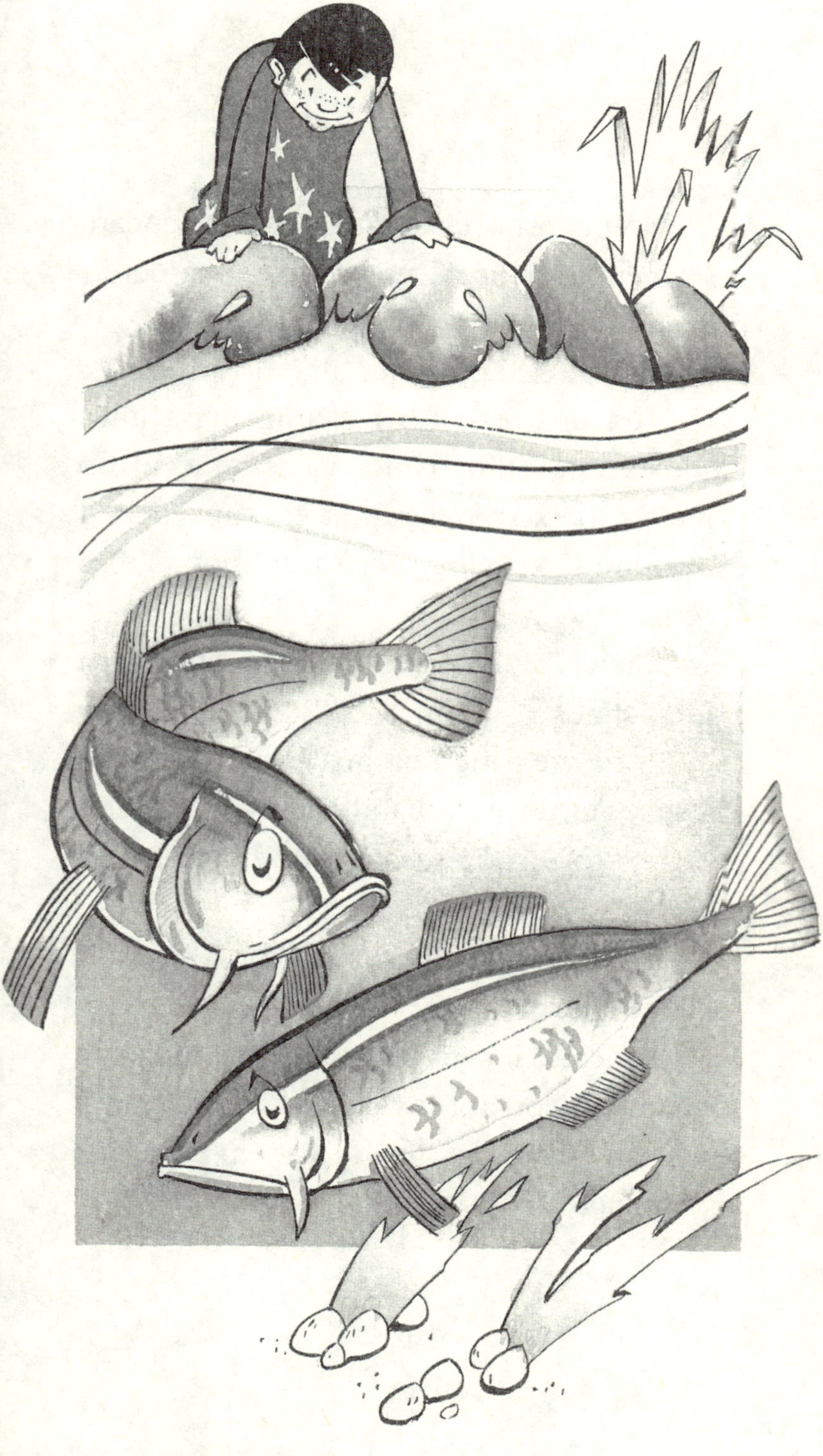

Va ser aleshores quan Floro, que encara no havia badat boca, va prendre una determinació.

—No passeu pena que això ho arregle jo.

I, en un tres i no res, improvisà unes paraules que ningú no va entendre i... ¡tots els peixos pujaren a la superfície i es posaren a ballar un ritme *pop* sobre l'aigua!

Tots els alumnes començaren a cridar i a fer palmes.

El mestre, que feia una becadeta sobre l'herba, s'alçà tot d'una i hi acudí en un vol.

—Però... ¿quina barbaritat heu fet, animalots?

—¿Ei que és *guai*, senyor Gerundi? —digué Floro.

Al mestre li canvià la cara. Una mena de foguerada li pujà a les galtes i els ulls se li feren tan grans que, fins i tot, semblava que se li eixien de les òrbites.

Els alumnes, en veure'l, callaren en sec. Únicament Floro es va atrevir a parlar-li.

—És que estaven tan avorrits... Si vosté els haguera vistos córrer d'ací cap allà sense saber on anar, de segur que hauria fet el mateix que jo. ¿Veritat que sí, mestre?

El senyor Gerundi li dedicà una mirada com si volguera fer-lo desaparéixer, però fent un gran esforç començà a calmar-se. De seguida, digué unes paraules màgiques i, ràpidament, els peixos tornaren a capbussar-se.

El dia assenyalat per fer la segona eixida al riu arribà prompte i el mestre va considerar convenient tenir una conversa amb Floro abans d'eixir de l'escola.

—Mira Floro, no has de ser tan impulsiu. Els bons mags hem de reflexionar bastant abans de prendre una decisió, perquè sinó ens podem equivocar. ¿Ho entens?

—Sí. Clar que ho entenc, però...

La veritat era que el senyor Gerundi tenia fortes raons per estar preocupat. Una ja la coneixeu: la irreflexió de Floro. I una altra raó, més inquietant encara, era que el nostre amiguet era despistadíssim. Es donava el cas amb molta freqüència que, després d'inventar una de les seues formuletes i fer alguna cosa ben grossa, no sabia com desfer-la, i això significava que el mestre o els pares havien d'anar de cap per tal de desfer l'embolic.

Arribaren al riu, es llevaren la roba i començaren a banyar-se.

Durant una bona estona, el mestre, que no s'acabava de fiar, estigué aguaitant els alumnes; però, en comprovar que no passava res, deixà la vigilància i es posà, més tranquil, a llegir.

Va ser aleshores quan un alumne digué:

—¡M'agradaria prendre un got grandíssim de llimonada!

—¡I jo me'n prendria dos! —digué un altre company.

—¡I jo me'n beuria una botella sencera! —parlà un tercer.

Tot seguit Floro sentencià:

«¡PENSAT I FET!
QUE AÇÒ NO SIGA AIGUA
NI TAMPOC QUE ESDEVINGA LLET.
D'AQUEST RIU TAN BONIC,
NO VOLEM UNA RIUADA,
TAN SOLS, I SENSE CAP RISC,
QUE ESDEVINGA LLIMONADA.

De sobte, milers de bombolles rialleres començaren a pujar des del fons del riu.

Més contents que unes campanetes cridaren i begueren fins que, alarmat pel guirigall, hi acudí el mestre.

En veure el que havia passat, es portà les mans al cap i sols encertà a dir:

—¡Ai Senyor, quin desastre!

Des d'aleshores, el senyor Gerundi va prohibir tota mena d'eixides que no foren per anar a casa.

X

La gran prova

Els anys anaven passant, potser ràpidament per als alumnes, potser massa lentament per al senyor Gerundi.

Un dia darrere d'un altre, aquest bon mestre hagué de temperar els seus nervis. Un any darrere d'un altre, també hagué d'estiuejar en un balneari per alliberar-se de la tensió de cada curs escolar.

La paraula *PACIÈNCIA* la duia gravada al cap i, cada vegada que Floro en feia alguna, havia de recordar-la per tal de no tornar-se boig.

De manera que no ens pot resultar gens estrany que el senyor Gerundi, en acabar les classes de cada dia, es repetira sempre la mateixa cançó:

—A Floro li donaré el certificat de mag només podré. A veure si me'l lleve de damunt i em deixa tranquil d'una vegada.

I, per això, el curs que Floro va complir els dotze anys, el mestre decidí de donar-li la titulació de mag igual que als companys que feien els divuit anys.

—Al cap i a la fi, és l'alumne més avançat que tinc a l'escola. Quasi m'atreviria a dir que en sap més que jo.

La veritat és que el mestre tenia raó. Ell sabia, massa i tot, que Floro era un vertader mag des del primer dia de nàixer i que l'escola no li feia falta per aprendre a inventar res. El seu enginy i la seua saviesa natural eren tan grans que les coses que a la resta de mags els costava un grapat d'anys d'estudiar i de reflexionar, Floro les aprenia de seguida.

El que passava, i el mestre també ho sabia, era que aquest maguet encara no tenia el trellat que calia tenir per dirigir tots els seus coneixements de màgia cap a les coses que els mags adults consideraven serioses. I, a més d'això, la seua inconstància unida a les seues freqüents distraccions, no feien més que empitjorar, de vegades, els resultats de les seues accions.

La festa d'acabament de curs, en la qual es repartien els títols de mag als alumnes, era un esdeveniment extraordinàriament important per a tota la població.

La gent acudia a la Plaça Major, on se celebrava el gran acte, per acompanyar, aplaudir i admirar els nous mags que s'integraven en la comunitat màgica.

En aquest acte, els aspirants havien de fer alguna cosa original per demostrar la seua saviesa: un acte de màgia, inventar algun beuratge o alguna fórmula nova interessant. Aquesta era una manera de demostrar que ja es trobaven en condicions de ser mags amb els mateixos drets i les mateixes obligacions que la resta.

Amb tot i això, la presència de Floro feia que aquell any l'acte resultara més atractiu que no els altres.

Tothom deia i comentava:

—¡Un mag als dotze anys!

—¡Feia més de dos segles que no es coneixia un cas com aquest!

—¿Inventarà alguna cosa important?

—¿Quina sorpresa ens donarà?

Els pares de Floro estaven molt emocionats.

—¡Ai senyor! Encara que siga un atrotinat, és tan espavilat... —deia la mare.

—Potser, a partir d'ara, comence a tenir coneixement —deia el pare.

I el mestre, que possiblement era qui més el coneixia, es repetia una vegada i una altra:

—Que no es despiste, que no es despiste, que no es despiste...

I, amb gran emoció per a uns, nerviosisme per a uns altres i curiositat per a la resta, arribà el dia i l'hora tan esperats.

El senyor Gerundi inaugurà l'acte fent un discurs on lloava els alumnes i, tot seguit, els maguets començaren a mostrar el que havien preparat.

L'un presentà com s'havia de curar la pallola a les sargantanes.

L'altre mostrà què s'havia de fer amb els núvols amb ganes de gresca.

I, en arribar el torn de Floro:

—¡Estimats mags de la ciutat, si m'ho permeteu, jo voldria presentar-vos la fórmula que us pot convertir, durant quinze minuts exactes, en el personatge que més us estimeu! Per uns minuts, podreu ser un infant de cabells rossos, un xinés de la Xina, el vostre artista favorit o, simplement, un mag del futur.

Tots exclamaren alhora:

—¡¡¡OOOHHH!!!

I el senyor Gerundi digué:

—¡Ai senyor!

De seguida, Floro començà a gesticular d'una manera poc usual. Féu, també, manotades i manotades en l'aire, cosa que no estranyà els presents per considerar que formava part de l'acte de màgia. Ningú no es va adonar que hi havia una mosca emprenyadora que no parava de molestar-lo.

Però mentre feia aquests gestos començà a recitar la seua fórmula:

SOM NI GUS
D'UN GRAN BUS
SA QUINÇA QUI HO SABRÀ
BISIBISIBISI... SSS BBB
LLUM D'ESTIU
SOMNI SOMIAT
QUE TOTS ELS ACÍ PRESENTS
ES CONVERTISQUEN AVIAT
EN...

Però, en el moment, que es disposava a acabar de dir la fórmula, la mosca emprenyadora se li plantà en la punta del nas i Floro, sense adonar-se'n, digué:

—... ¡Caram, la mosqueta boja!

I, a l'instant, ¡PLOF! Tots es van convertir en mosquetes boges.

—¡Quin aldarull! La confusió fou total. Tots els mags, convertits en mosques, volaven sense saber on adreçar-se, entropessaven els uns amb els altres, queien a terra, s'alçaven...

Floro, en veure el que, involuntàriament, havia fet, digué:

¡Déu! ¡Quin embolic! Hauré de pensar ràpidament alguna solució.

I com li sobraven recursos, quan volia, per esmenar les coses, començà a improvisar aquestes paraules:

GUS NI SOM
BUS GRAN D'UN
S'HABRÀ HO QUI ÇANQUIN ÇA
SSS BBB... SIBISIBISIBI
D'ESTIU LLUM
SOMIAT SOMNI
PRESENTS ACÍ TOTS VOLANTS
ENTROPESSANT PLAF I PLAF
PROMPTE ES CONVERTIRAN
ALTRA VEGADA EN MAGS.

I, a l'instant, ¡PLOF! Novament recobraren la seua figura primitiva.

El senyor Gerundi, amb veu tremolosa, tan sols encertà a dir:

—Ja ho sabia jo. Ja sabia que alguna de ben grossa havia de passar. Ja ho sabia jo. Ja ho sabia...

Però heus ací que, els mags, tot i que Floro pensava que estarien indignats, esclataren en una gran rialla. El més vellet s'acostà al nostre amic i li digué:

—Floro, fill meu, potser no sigues un mag seriós, però, almenys, ens has fet riure una bona estona.

I tots, grans i menuts, l'aplaudiren de valent i li demanaren que, de tant en tant, els fera alguna demostració del seu enginy per poder riure ben a gust.

Els anys passaren i, a poc a poc, Floro es convertí en un mag important.

Diuen que ha fet moltes coses i que, en l'actualitat, a pesar que és un mag vellet, encara continua inventant coses molt originals.

¡Ah! També he de dir-vos que està escrivint un llibre en què ens conta, fil per randa, tota la seua vida.

¿Ei que és interessant?

ÍNDEX

EL MAG FLORO

I. Naix una gran ciutat 5
II. Naix un mag 13
III. Em diré Floro 19
IV. Un mag independent 24
V. Floro va a l'escola 31
VI. ¡Que divertit és anar a l'escola! . 36
VII. Les granotes soldats 41
VIII. La consulta 48
IX. Les eixides 58
X. La gran prova 66